Juan Casillas Núñez

Santo Toribio. Confesiones

La Pereza Ediciones

SANTO TORIBIO

—— CONFESIONES ——

Santo Toribio. Confesiones

© *Juan Casillas Núñez*

Obra de la portada: "Cruz y serpiente"

© Antonieta Loayza Gómez

© De esta edición 2023, La Pereza Ediciones, USA

www.lapereza.net

ISBN: 978-1-6237522-5-5

Diseño de los forros de la colección:

Estudio Sagahón / Leonel Sagahón

www.sagahon.com

Portada y Maquetación Julián Herrera

SANTO TORIBIO

— CONFESIONES —

Juan Casillas Núñez

LA PEREZA EDICIONES

Por su edificante, inquebrantable y desa-
fiante amor, dedico este poemario
a mi madre: Consuelo Núñez de Casi-
llas, mi Chelito.

PRÓLOGO

Este libro, especie de escapulario o de los misterios de un rosario, tiene un antecedente en el cuento "El escribano de Dios" que, junto con "El chamuscazo", su autor publicó en la revista *Enclave* de 2018. Ya desde ese año podía verse un interés religioso, pilar de sostén de *Santo Toribio. Confesiones*, título de este libro de Juan Casillas Núñez. Y antes de estas publicaciones conocíamos su tesis de doctorado del año 2013, un estudio monográfico que luego se convirtió en libro titulado *Estrategias filosóficas y discursivas de Estela Portillo Trambley*, narradora y dramaturga texana, icono feminista chicana, de familias migrantes, como lo es en California el autor de estas *Confesiones*.

Su interés por los estudios y la creación (y también por la docencia) es sobre todo una búsqueda y una lectura de lo que ha permanecido y se ha ido encontrando en el camino. La nostalgia por el pasado jalisciense de Juan y su familia, convertida en la compañía de cada día; el presente enriquecido con una nueva cultura y con otro idioma; la proyección a un futuro con raíces que se han ido entremezclando. Estos hilos de tiempos, enlazados muchas veces con dificultades de todo tipo, de vivencias y (por fortuna) también de sobrevivencias, dan lugar a una nueva forma de ser. Así me lo imagino y así creo escucharlo: "soy lo que he sido, lo que aprendo, lo que intento cambiar, lo que propongo al escuchar a los demás, de una colectividad de la que soy parte. Porque no estamos solos y con los ecos del idioma con el que aprendí a hablar (y a rezar también) se escuchan otros sonidos, y ya no es sólo una puerta desde la que miro el mundo, sino que (mínimamente) son dos, y a través de ellas nos seguimos formando en otra geografía que se abre pero que a veces, muchas, muchísimas veces, no es así".

Tan no es así, que personas como Juan Casillas intentan abrir la mano al agua bendita de su madre, a escuchar sus plegarias y a interesarse por un mártir, paisano suyo, en quien pone sus líneas como si Santo Toribio fuera el autor de renglones que buscan ser poesía, tabla de salvación que rescata y al mismo tiempo valora las creencias religiosas y lo que se vive como milagros por parte de personas en su peregrinar por mundos de riesgos en los que muchas veces quedan allí y para siempre.

Juan José Casillas Núñez lo sabe y lo piensa, y busca aportar alguna respuesta, apostar por ella. Él—Juan Casillas—, que fue a la escuela de posgrado—"me aceptaron en la universidad, de hecho becado, debido a mi rendimiento académico y al activismo de muchas personas que luchan por tantos 'dreamers' como yo"—, razona y a la vez—Juanito, como por cariño le decimos—sigue buscando la bendición de su mamá ("madre", no, "esta palabra es demasiado 'fría y seca'"), que lo persigne, y esta digamos licencia—él a lo mejor no lo sabe—le dará la libertad para escuchar los presagios de un encuentro con el mártir, a quien hace pasar como coautor de este libro, donde el sacrificio del sacerdote intenta ser recompensado con líneas que piden licencia para ser sacras.

En el libro hay varios tiempos y no son lineales, pues se imbrican, se renuevan y vuelven una y otra vez, motivados por los sonidos de la infancia, los olores del campo, los cambios que un día empezaron a modificar la estructura de la familia. Y de ser digamos de aquí, sólo de aquí el futuro autor de este libro—de allí, de los Altos de Jalisco, sus parientes—supo que, entre huizaches y el humo de la leña de la cocina y el sabor de la comida rural, muchas familias se fueron llevando con ellas esa memoria que transforma el pasado en un rescate permanente ya en las nuevas tierras que luego resultan familiares también, y es cuando la nostalgia mueve a escribir, a investigar sobre la vida del siempre joven Toribio Romo, quien dio o le quitaron la vida por escuchar las propias convicciones en tiempos ásperos como los pedazos de tierra endurecida. La Guerra Cristera, contexto en que vive y muere el personaje, es interpretada de maneras distintas: desde quienes la vivieron y desde quienes años después la analizan, la interpretan, la intelectualizan. Este libro es una visión desde dentro, presentada desde una situación migrante que necesita asirse a un santo, a una esperanza, a una ilusión, y la encuentra en el imaginario colectivo que rodea y al mismo tiempo mantiene vivo al llamado Santo de los indocumentados, a las familias migrantes que en el desierto se rompen, desaparecen, muchas veces sin señas ni marcas de identificación. Pero la esperanza está siempre, y puesta en la figura de Santo Toribio, un santo jalisciense desplazado a tierras fronterizas para convertirse en misionero de salvación.

De pronto (¿así será?), el profesor (que también lo es) descubre la figura del mártir cristero jalisciense, asesinado en 1928 y convertido en santo en 1992. Y habla con él y habla de él, y habla por todos, e intenta hacerlo como él. Para ello se inventa una estrategia. ¿Es en verdad José Natividad Reynoso, quien en la introducción del libro presenta el contexto del libro a manera de un "dreamer", *alter ego* de Juan Casillas Núñez? ¿Cuál es la relación entre José Natividad, el joven padre Toribio Romo y quien escribe estas *Confesiones*? ¿Son tres personas distintas las del narrador de la prosa con que éstas comienzan, el personaje del que se rescata el cuaderno y el autor, que inventa a su narrador, al autor del cuaderno (y sus plegarias) y asume las tres presencias?

Las primeras páginas privilegian la figura de la madre, a quien se dedica el libro. Éstas dan lugar a una narrativa que informa sobre la existencia de un cuaderno, al que se le cede el lugar para abrir su contenido: 24 textos, voces en las que predomina la vocación y la devoción, el bosquejo de una vida de formación religiosa, basado en la biografía del joven sacerdote Toribio Romo González. Una guerra es una guerra y la víctima tiene al menos el derecho a la palabra. Juan Casillas Núñez es el autor, quien idea el rescate de un cuaderno para hacer de su contenido un libro titulado *Santo Toribio. Confesiones*. Las confesiones de un santo mexicano creadas e imaginadas por un autor, un soñador de letras y palabras, un devoto de esa cultura originaria con la que se identifica al escribir en su lengua materna.

Elige entonces la vida del joven santo patrono de los indocumentados, o los que lo han sido y se reconocen entre ellos. Es el caso de Juan Casillas Núñez quien, cuando de niño imaginó a su familia pisar las tierras rojas de las primeras escuelas en Los Altos de Jalisco y luego las admiró al pizcar las tierras de California, fijó la mirada en el horizonte y poco a poco, con la esperanza que veía en los ojos de su madre—mujer con manos de campo y dedos con el signo de la cruz—, supo lo que quería ser y tuvo la fortuna de serlo: un aprendiz permanente de la literatura, un amanuense, un escriba que copia el dictado de la palabra del otro y la hace suya.

Juan—Juanito Casillas—me pidió prologar su "breviario de misa", con voces que él mismo imagina. Las leo, las escucho. Son latidos, ritmos de repeticiones, palabras en cruz. Finalmente, una invocación de salud, la espera de un milagro, la conversión de un personaje que, de ser incrédulo, genera una metáfora fronteriza: "Crúzala por la frontera de la enfermedad a la sanidad". Cierra el libro la petición de una madre por la salud de su hija. Su autor es un serio creyente de la vida y la palabra. Su libro, un compromiso para escuchar también las carencias de las comunidades migrantes que cargan en su cruz una esperanza.

Sara Poot Herrera.

UC Santa Bárbara.

Directora de UC Mexicanistas.

Academia Mexicana de la Lengua.

Correspondiente: Mérida, Yucatán.

INTRODUCCIÓN

¿Estarías dispuesto a dejarlo todo por amor? ¿A salir de la comodidad de tu hogar y enfrentar los peligros de la guerra? En concreto, ¿a dar tu vida por lo que crees? Eso es exactamente lo que hizo Santo Toribio. Por amor a Dios entregó su vida a sus prójimos y se convirtió en mártir y santo de la Iglesia Católica.

Sin embargo, estas no fueron las preguntas que me hice cuando supe quién era. Mi mamá (a ella no le gusta que le diga "madre", dice que esta palabra es demasiado "fría y seca") lo introdujo en mi vida, y yo lo pasé por alto y lo desprecié. Vivía en una residencia estudiantil cerca de la universidad. Visitaba a mi familia cada mes. Cuando partía de mi casa a la universidad, mi mamá insistía en darme la bendición. No sé si era que mis convicciones habían cambiado por la influencia de mis estudios, o porque me sentía restringido por los "mandamientos" de la Iglesia Católica para hacer lo que quería. Lo cierto es que dejé de ir a misa y hasta de rezar. Por amor y respeto, aunque mi mamá sabía exactamente lo que estaba pasando, le seguía la corriente en este ritual que significaba mucho para ella.

Mi mamá se sentaba en una silla y yo me ponía de rodillas enfrente de ella. Hacía una serie de rezos y terminaba con "Alma de Cristo". (Tengo que admitir que esta oración siempre, incluso en mis periodos de ateo, me hacía sentir una paz y serenidad que hasta hoy en día no puedo comprender ni explicar.[1]) Pero esa vez, después del "Alma de Cristo", finalizó con otra oración: "Santo Toribio, patrón de los inmigrantes e indocumentados, por favor intercede ante mi Señor Jesucristo por mijo Nati, para que termine sus estudios, logre una carrera y se quede en este país", y después me persignó.

Me puse de pie y le dije con sarcasmo: "¿Ya se inventó otro santo la Iglesia Católica?"

Ella me contestó muy enojada: "¡Ya se te olvidó que somos indocumentados! ¡Que por milagro de Dios estás en la universidad! Mijito no cabe duda que para pendejo no se estudia. Te vas a la universidad para aprender, pero se te está olvidando lo más importante: Dios."

Quería gritarle: "¡No es un milagro de Dios! Me aceptaron en la universidad, de hecho becado, debido a mi rendimiento académico y al activismo de muchas personas que luchan por tantos dreamers como yo", pero me tragué mis palabras. Mi mamá es la persona que más se sacrificó para que yo pudiera estudiar, trabajando—mejor dicho, partiéndose el alma—de sol a sol en los campos agrícolas de California. No me sentía mal por lo que había dicho, después de todo ella misma me enseñó a defender mis creencias, sino porque la había lastimado.

---

[1] Después me di cuenta de que es una oración medieval conocida como "Anima Christi". Aunque su origen y autoría son desconocidos, erróneamente se le atribuye a San Ignacio de Loyola, porque la incluyó en sus *Ejercicios Espirituales* (1548). Se acostumbra a rezar después de la comunión. Yo también la rezo después de la comunión y cada vez que tengo un problema.

No volví a saber más de Santo Toribio, aproximadamente dos años más tarde, hasta el sepelio de mi abuelita Asunción, la madre de mi padre. Era una tarde calurosa en el panteón, saturada de dolor y tristeza. Algunas mujeres usaban sus sombrillas para protegerse de la inclemencia del sol, mientras que la mayoría de los hombres y alguno que otro adolescente, a escondidas, tomaban tequila para disipar la pena. En vida, mi abuelita había dicho varias veces que "quería música de mariachi y no lágrimas en su entierro". Le cumplimos su gusto con la música, pero en lo otro le fallamos. Aún no puedo comprender cómo en medio de mi pesar pude detectar la esquina de algo que, debajo de mis pies estaba semienterrado. Al principio pensé que era una identificación o licencia de conducir. Deduje que era de mi tío Federico. De seguro se le había tirado cuando sacó su pañuelo para secarse las lágrimas. Recogí el objeto y al desempolvarlo me di cuenta de que estaba equivocado. Era una estampa de Santo Toribio, laminada con un plástico muy grueso. Me dieron ganas de tirarla, pero sentí que el espíritu de mi abuelita me decía que la guardara y la metí en uno de los compartimentos de mi cartera y me olvidé de ella por un tiempo. Meses después, al buscar mi tarjeta bibliotecaria, volví a dar con la estampa y fue cuando leí la oración que está en el dorso:

Oración a Santo Toribio Romo

Dios Todo poderoso y eterno,
que concediste a
Santo Toribio Romo luchar por la fe
hasta derramar su sangre,
haz que, ayudados por su intercesión,
soportemos por tu amor nuestras dificultades
y con valentía caminemos hacia ti
que eres la fuente de toda la vida.
Por Nuestro Señor Jesucristo,
tu Hijo que vive y reina
en unidad del Espíritu Santo,
y es Dios por los siglos de los siglos.
Amén.
Santa Ana de Guadalupe, Jal.

Después de leer la oración, en vez de convencerme de la santidad de este hombre, mi poca fe, que conllevaba una falta de humildad y respeto a lo divino, me llevó a decir la siguiente estupidez: "Ultimadamente, ¿quién es este güey?" Y decidí investigar por mi cuenta quién era "Santo Toribio".

Para el colmo, descubrí que no había uno, sino varios santitos con dicho nombre: Toribio el Monje, Obispo de Palencia (Siglo IV-V), Toribio de Astorga (¿402?-476)[2] Toribio de Mogrovejo (1579-1606) y Toribio Romo (1900-

1928). Por suerte contaba con la estampa que decía: "Santo Toribio Romo".

Su nombre completo era José Toribio Romo González. Nació el 16 de abril de 1900 en Santa Ana de Guadalupe, Jalisco, México, en el seno de una humilde familia campesina, dotada de una profunda fe y convicciones católicas. Impulsado por una espiritualidad temprana que sus padres apoyaban y por su hermana, María Marcos de Asunción Romo González ("Quica"), que promovía celosamente su formación religiosa, inició su preparación sacerdotal a los once años de edad en el Seminario Auxiliar de San Juan de los Lagos. Una década después, a los 21 años de edad, pasó al Seminario Diocesano de Guadalajara, no sin antes solicitar una dispensa de la Santa Sede por ser muy joven. Se ordenó como sacerdote el 23 de diciembre de 1922 y ofició su primera misa el 5 de enero de 1923. Prestó sus servicios ministeriales en varias parroquias de Jalisco, entre ellas, las de Sayula, Tuxpan, Yahualica y Cuquío.

En 1926 se intensificaron las tensiones entre el gobierno mexicano y la Iglesia Católica, y el conflicto no se hizo esperar, irrumpiendo en la llamada "Guerra Cris-

---

2) De particular importancia es Santo Toribio de Astorga, obispo de dicha ciudad y custodio del fragmento más grande de la Cruz de Cristo que conserva la cristiandad, reliquia que actualmente se conserva en el monasterio de Santo Toribio de Liébana. La fiesta de Santo Toribio de Astorga se celebra el 16 de agosto. Lo más probable es que nombraron al santo mártir mexicano, "Toribio", porque nació en esta fecha.

tera", también conocida como "La Cristiada" o "La Rebelión Cristera". Plutarco Elías Calles y su administración juzgaban que la Iglesia Católica deliberadamente retaba la base legal y moral de su programa revolucionario. Como represalia, el régimen puso en práctica medidas violentas y despiadadas para eliminar la influencia de la Iglesia Católica en la política del país y en la vida del pueblo. Por medio de un decreto presidencial, se invocaron y aplicaron, con todo el peso de la ley, los artículos de la Constitución de 1917, mejor conocidos como "Ley Calles". Para la Iglesia, dichos mandatos secularistas y anticlericales no eran más que medidas anticatólicas para imponer el ateísmo estatal. Como consecuencia, se inició una cruel persecución de la Iglesia Católica por parte del régimen que duró hasta 1929.

El padre Toribio tuvo que salir abruptamente de Cuquío en 1926, cuando los fieles se levantaron en armas para repeler la opresión callista que estaba masacrando y martirizando a los sacerdotes. Por mandato de sus superiores, se encargó de la parroquia de Tequila, Jalisco, una misión peligrosa, dado que era uno de los focos donde las autoridades civiles y federales perseguían con más vehemencia a los sacerdotes. Una de las acciones que más afligía a los fieles de Tequila era la prohibición del culto religioso. Para cumplirle a Dios y al pueblo, este sacerdote celebraba los servicios ministeriales de una manera clandestina, muchas veces de noche, ya fuera en casas, establos o cuevas. Como consecuencia, por varios años estuvo esquivando a las autoridades, huyendo de un lugar a otro, sabiendo que en cualquier momento podría toparse con la muerte. Desgraciadamente, el 25 de febrero de 1928, una tropa avisada por un delator sitió la rectoría de Agua Caliente, Tequila e irrumpió en ella, asesinando de dos tiros al joven clérigo. No obstante, él había mantenido su fe con valentía hasta su fin, demostrando su fidelidad a Cristo al soportar todo tipo de pruebas: persecución, hambre, desprecio, humillación y la misma muerte. Su sacerdocio se caracteriza por su pasión eucarística y su compromiso con los fieles que me hacen recordar las siguientes palabras de Jesús: "No hay amor más grande que dar la vida por sus amigos" (Jn 15, 13). Este sacrificio me conmovió profundamente, pues Santo Toribio hizo exactamente eso, por amor a Dios y a los cristeros entregó su vida.

Décadas más tarde, al finalizar el siglo XX, en medio del odio, ideología y medidas antiinmigrantes de los Estados Unidos, vuelve a aparecer Santo Toribio en defensa de los menos afortunados. En este caso, aboga por los indocumentados que cruzan la frontera en busca de una mejor vida. En la Iglesia se conoce como el "Patrón de los inmigrantes" y al que popularmente llaman "Padre Pollero" o "Santo Coyote". Son numerosos los testimonios de su intercesión. Aunque difieren un poco en los detalles, todos relatan cómo Santo Toribio los auxilió en su travesía fronteriza, proveyendo agua, comida, dinero y a veces hasta empleo. A cambio, solamente pedía que fueran a la iglesia de Santa Ana de Guadalupe a dar gracias a Dios.

Cuando cumplían su palabra y veían la imagen del padre Toribio era cuando se daban cuenta de que un mártir los había socorrido con un milagro. Para muchos inmigrantes que lo veneraban, su canonización por el antiguo papa, ahora conocido como San Juan Pablo II, el 21 de mayo de 2000, fue una gran bendición. Ahora tenían oficialmente su santo patrono que intercedía por ellos ante Dios en sus estragos terrenales. Aquí concluye mi investigación sobre Santo Toribio. No se convirtió en santo de mi devoción, pero nunca más volví a ser irreverente con él. Un hombre que da la vida por Dios y sus prójimos merece respeto.

Cuando pensé que Santo Toribio había desaparecido de mi vida, llegó a mis manos una libreta con algunos textos suyos, no de una manera misteriosa, mucho menos milagrosa, pero sí muy peculiar. Mi tío político y padrino de bautismo, Gregorio Ramírez González, pariente lejano de Santo Toribio, heredó una parcela que había pertenecido a la familia Romo González. Dicho terreno tenía un "ojo de agua", del cual algunos habitantes de la ranchería bebían, porque aseguraban que era "medicinal" por su relación con Santo Toribio. Mi padrino encontró en esta propiedad un manuscrito de Santo Toribio con el título: "Confesiones de un confesor", escondido cerca del ojo de agua. Dándome preferencia por encima de sus propios hijos y otros sobrinos, me lo regaló, porque sabía que me apasionaban las letras.

Este cuaderno contenía una veintena de poemas o "confesiones", como Santo Toribio frecuentemente los llamaba. Todos, salvo el último, "Santo Coyote", son de su puño y letra, y tratan de lo más complejo, sublime, profundo y misterioso de la vida: Dios. Al principio, me chocaba lo que consideraba un estilo "simplista", pero después me di cuenta de que esa sencillez es la de Dios, y que Santo Toribio intenta emularla en su vida y sus versos. Por consiguiente, su estilo, que conlleva versificación, metáforas, imágenes y simbolismos es claro y directo. No quiere complicar lo que en sí ya es complejo, sino hacerlo accesible a todos. Sus "confesiones" se pueden entender como una conversación íntima consigo mismo, un amigo, Dios o todos a la vez. Son sus experiencias místicas, milagrosas y amorosas que quiere "confesar" y compartir con todo el mundo. Son sus vivencias con el Dios del amor, que con todo su anhelo, quiere que otros también experimenten. Sus "confesiones" han impactado mi vida, y por eso las pongo a disposición de los que deseen aprender de esta sacra poesía.

José Natividad Reynoso,
uno de tantos "dreamers"

† MI RELACIÓN CON
LA SANTÍSIMA TRINIDAD

Aunque esta oración aparece primero en este cuaderno, en realidad figura entre los últimos versos que redacté en mi vida. Me tomó mucho tiempo llegar a esta conclusión. Sin embargo, dado que la génesis de todo es Dios, también estas confesiones inician con Él. En estos versos plasmo mi unión y entrega total al misterio de mi fe: la Santísima Trinidad. Escudriñaba mi relación con Dios y me preguntaba a mí mismo: ¿Quién es Dios para ti? Jesucristo me iluminó con sus palabras para encontrar la respuesta, cuando los fariseos lo interrogaron con ánimo de tentarlo: "Maestro, ¿cuál es el mandamiento mayor de la Ley?" Y Él contestó: "Amarás al Señor, tu Dios, con todo tu corazón y con toda tu alma y con toda tu mente. Este es el mayor y el primer mandamiento. El segundo es semejante a éste: Amarás a tu prójimo como a ti mismo. De estos dos mandamientos cuelga toda la Ley y los Profetas" (Mt 22, 37-39)[3]. Con estas palabras sentía que Dios me estaba preguntando: "¿Quién soy Yo para ti?" Aquí comparto mi respuesta:

---

3) Todas las citas bíblicas provienen de la Biblia católica: *The Great Adventure*. West Chester, Pennsylvania: Ascension Press, 2020. Esta Biblia usa la siguiente traducción: *Biblia de Jerusalén Latinoamericana*. Bilbao, España: Editorial Desclée De Brouwer, 2020.

El Padre es mi Creador.

El Hijo es mi Salvador.

El Espíritu Santo es mi Consolador.

yo soy creación del Padre.

yo soy seguidor del Hijo.

yo soy templo y morada del Espíritu Santo.

† PRÉSTAMOS

Este es el primer poema que escribí en mi vida. Lo redacté a los nueve años de edad para un concurso de la parroquia en Jalostotitlán, pero nunca lo entregué. Al finalizar el poema, sentí que a Dios le habían agradado mis versos. Y ese era todo el reconocimiento que necesitaba. Lo escribí pensando en las palabras de San Agustín, que el Padre Javier a menudo repetía: "Señor: Da lo que ordenas y ordena lo que quieres" (*Confesiones*, X 29).

> Préstame tus ojos
> para ver lo que quieres que vea.
>
> Préstame tus manos
> para trabajar en tu viñedo.
>
> Préstame tu voz
> para decir lo que sale de tu boca.
>
> Préstame tu corazón
> para amar y perdonar como Tú.

† ME GUSTA ESTAR ENFERMO

El amor más parecido al de Dios es el amor de madre. Este es el segundo poema que escribí en mi vida. Para entonces, mi alma empezaba a inquietarse con el llamado al sacerdocio, pero no podía conciliar la idea de vivir apartado de mi mamá. Se lo regalé un 10 de mayo. Mi madre lloraba de alegría por los versos que su hijo le había compuesto. Fue la primera vez que me di cuenta del poder que emiten las palabras. Ahora me parece de lo más lógico, ya que Jesucristo es, entre otras virtudes, el "Verbo Encarnado" o la "Palabra Viva" de Dios Padre.

Me gusta estar enfermo, porque me quitas los
zapatos cuando estoy
postrado en cama.

Me gusta estar enfermo, porque al sentir frío
me arropas y me cobijas.

Me gusta estar enfermo, porque te enojas con
los que me hacen ruido.

Me gusta estar enfermo, porque me das de
comer en la boca con tus
lindas manos.

Me gusta estar enfermo, porque cuando tengo
los ojos cerrados y piensas
que estoy dormido me das un beso en la frente.

¡Me gusta estar enfermo madre mía, porque
es cuando siento
más la fuerza de tu hermoso amor!

† SU AMOR ES

Antes de entrar al seminario, no recuerdo qué edad tenía, en una noche calurosa me levanté a tomar agua y escuché los jadeos de mis padres. Pensé que estaban enfermos y lentamente entreabrí la puerta de su dormitorio. Sin que ellos me vieran, los vi haciendo el amor. A la mañana siguiente, le pregunté a mi hermana Quica:

"¿Así es el amor de Dios?"

Ella me contestó:
"No.
Su amor es
Santo
Puro
Humilde
Dulce
Repleto de bondad
Sabiduría
Paciencia
Eternamente Persistente
Amable
Embriagante
Indestructible
Es poder y debilidad
que se tiene que vivir."

† ¿QUIÉN ES JESUCRISTO PARA TI?

Tenía 11 años cuando quería ingresar al seminario. Tanto mis padres como el párroco de Jalostotitlán, cuyo nombre por respeto a su memoria no voy a mencionar, tenían sus dudas. Mis padres pensaban que era demasiado joven e inocente para vivir lejos de casa, primero en San Juan de los Lagos y después en Guadalajara. El sacerdote no estaba seguro de mi llamado, porque a su parecer era "demasiado buenmozo". Para indagar más sobre mi vocación, me cuestionó: "¿Quién es Jesucristo para ti?" En ese momento, me sorprendió la pregunta y me quedé estupefacto. Mi silencio, según el clérigo, corroboraban sus sospechas. Medité a solas y como respuesta nacieron los siguientes versos que recité a mis padres y al sacerdote. Después nadie dudó de mi llamado. Al contrario, todos me apoyaron. Mi padre, que era mi mayor detractor, hasta vendió un terreno a don Tranquilino Ramírez Martín para costear mis estudios en el seminario.

¿Quién
es
Jesucristo
para
mí?
ÉL es la salvación, sabiduría y potencia que
Como
Bebo
Respiro
Siento
Pienso
Vivo
y
El amor
Que quiero
Recibir
y
Dar.

† CREER EN TI

Cuando entré al seminario sabía que iniciaba mi odisea de amor. Estaba consciente de que era una guerra campal y sin cuartel en la que enfrentaba al mundo, a Satanás y sobre todo a mí mismo. Si dependía de mis fuerzas, fracasaría, pues la lucha terminaría antes de comenzar. Una de las primeras tareas que nos asignaron en el seminario fue discernir por qué creíamos en Dios. Este poema es mi explicación:

Desde una óptica humana
Creer en Ti es lo más absurdo
No tiene lógica ni sentido.

Es la aventura
Más arriesgada,
Pues no se gana
Nada.

Es decir, no factura
Ganancias mundanas:
Poder, plata y placer.

Aunque soy tu creación
Creer en ti
No es una obligación
Mucho menos
Una imposición.

En parte
Creo en Dios
Porque ÉL me amó primero
Cuando me hizo de la nada
Y después al entregar su vida por mí
En la Cruz (instrumento de tortura/amor)

Pero igual de importante
Creo en Dios
Porque me da la libertad
De aceptarlo o rechazarlo

En cambio, el otro,
el innombrable,
es un perro con rabia
una bestia del mal
un monstruo devorador
que te quiere poseer
en contra de tus deseos

está dispuesto a
mentir, robar y matar
para adueñarse de ti

una vez en sus garras
mastica y engulle
tu vida y espíritu

mientras que tus sueños
los escupe como si fueran
el bagazo de caña sin jugo
que después pisotea

Tu pureza es convincente.
Tu pasión seductora.
Tu amor dulce y tierno.

Es bueno repartir las bendiciones.
Los esposos comparten sus cuerpos.
Los padres dan sustento a sus hijos.
Los buenos samaritanos dan pan al hambriento.

Pero a nadie se le da
La voluntad, dignidad y alma
Salvo a Ti
Dios del amor.

† AMANUENSE DE TU AMOR

Los amanuenses tenían por oficio copiar escritos, pasarlos en limpio o escribir al dictado. De la misma manera, solamente redacto lo que Dios pone en mi corazón, espíritu y mente. A continuación comparto una apologética de mi poesía:

Mis superiores
me critican
porque escribo poesía.

Dicen:
"Empresa mundana.
Vanidad de vanidades.
Tiempo infructuoso y perdido".

Escribo porque
Te inscribiste en mí.
Inspiras mi alma.
Soy un amanuense de tu amor.

Los momentos de tinieblas
coaccionan mi bolígrafo.
Y brotan algunos renglones pesimistas.

Comprendo que una vida de fe
no me exenta del sufrimiento y dolor.
Como todos, estoy llamado a la prueba de fuego.
Con tu gracia supero estos momentos...

Y le canto a los cristos de nuestro tiempo:
A las víctimas de la guerra
A los torturados/desaparecidos
A los niños abortados/abusados
A las mujeres violadas/maltratadas
A los ancianos abandonados
A las víctimas de las epidemias/catástrofes
A los inmigrantes rechazados
A los que se han suicidado
A todos los inmolados/sacrificados por nuestra
maquinación social

A todos y cada uno de ellos
Que Dios los haya recogido
Con sus benditas manos
Y les haya liberado del sufrimiento.

† SEÑOR,
PERDONA MI ATREVIMIENTO

Después de estar diez años en el Seminario Auxiliar de San Juan de los Lagos, pasé al Seminario de Guadalajara. Tenía 21 años. Sin embargo, no fui aceptado automáticamente. Debido a que era muy joven, tuve que solicitar la dispensa de edad a la Santa Sede antes de proceder a la recepción del orden presbiteral. El señor arzobispo Francisco Orozco y Jiménez me confirió el diaconado el 22 de septiembre de 1922, y el 23 de diciembre del mismo año administró mi ordenación sacerdotal. Fue la Navidad más feliz de mi vida y solamente le pedí un regalo a Dios:

Señor, perdóname si soy atrevido,
pero espero me concedas este favor:
No me dejes ni un día de mi vida
sin decir la Misa, sin abrazarte en la Comunión.
Dame mucha hambre de Ti.
Una sed que me atormente todo el día,
hasta que no haya bebido de esa agua
que brota hasta la Vida Eterna
De la roca bendita de tu costado herido.
¡Mi buen Jesús!, yo te ruego me concedas
morir sin dejar de decir Misa ni un solo día.

† LÉEME

En el Seminario de Guadalajara, por mi cuenta empecé a estudiar otras materias que no estaban asignadas, entre ellas filosofía oriental, antropología y física, que me hicieron dudar de mi fe. En un sueño, Jesús vino a mi rescate, en el cual me decía que leyera la Biblia:

"Ven, léeme
Puedes comprenderme
Aunque no del todo
Me entenderás lo suficiente
Para tener fe y
Enamorarte de mí

Ven, léeme
Saboréame
Como manjar divino
Que soy

Ven, léeme
Déjame
Correr por
Tus sedientas venas

Ven, léeme
Ábreme
La puerta de
Tu intricada mente

Ven, léeme
Para
Reparar
Y
Fortalecer
Tu roto corazón

Ven, léeme
Para instruirte
En mi amor"

† LA MADRE DE DIOS

Algunas personas de Jalostotitlán se fueron a los Estados Unidos. Varias regresaron con pequeñas fortunas, pero perdieron su fe católica. Al conversar con ellas, pronto me di cuenta de que en realidad nunca habían conocido ni practicado su fe. En su ignorancia, fue fácil convertirlas en protestantes. El catolicismo es Cristocéntrico. Sin embargo, eso no quiere decir que no podamos honrar a su madre. A nadie, ni a Dios en su eterna mansedumbre, le gusta que menosprecien a su madre, mucho menos que la insulten.

Muchas veces
los que no son católicos
mal interpretan
nuestra devoción,
No adoración,
a la Santísima Virgen María (SVM).

Para los marianos/guadalupanos
María no es una diosa,
Jesús es Dios,
al Único que Adoramos.
María es la madre de Jesús.

Por lo tanto, es la Madre de Dios
y como tal la veneramos.

Más que silogismo cristiano
es la verdad que profesamos.
Cada vez que
alabamos a la SVM,
sobre alabamos a Jesús.

Jesús tiene dos dimensiones:
Divina y humana.
Yahvé es su Padre Celestial.
María es su Madre Terrenal.

No hay humano
que conozca más al Padre
que Jesús.
No hay humano
que conozca más al Hijo
que María.

Llegamos al Padre
por medio de Jesús.

Nos acercamos al Hijo
por medio de María.

Bendita la fe
de la doncella María,
sin entender los planes
del Todopoderoso,
se convirtió en su
primer discípulo:
"Hágase en mí tu voluntad".

Jesús, siendo Dios,
si hubiera querido
descender del cielo
como adulto,
bien lo pudiera
haber hecho.

Jesús, sin embargo,
quiso encarnarse
y entrar al mundo
por medio de María.

Jesús es Fruto Bendito
de su vientre.
Su sangre
corre por las venas de Jesús.
Con la leche de sus pechos
lo amantó.

Más que silogismo cristiano
es la verdad que profesamos.
Cada vez que
alabamos a la SVM,
sobre alabamos a Jesús.

Pero no solamente
es carne de su carne
y sangre de su sangre,
instruyó a Jesús con
su amor y cariño maternal,
que se refleja
en las mujeres
con un trato especial.

La SVM no busca su glorificación.
Su anhelo es mostrarnos a Jesús.
Su meta es llevarnos a Jesús.
Su sueño es enamorarnos de Jesús.
Por eso a todos nos dice:
"Hagan lo que Él les diga".

Sucesivamente,
Jesús
en la Cruz
deja bien clara
nuestra relación con María:
"He ahí tu Madre".
Por eso no te disgustes,

si los católicos decimos
que la SVM
es nuestra Madre.

Yahvé siendo Santo y Puro,
nace de una mujer santa y pura.
Dios guarda a María del pecado original
y es Virgen antes, durante y después
del parto de Jesús.

De entre todas
las mujeres de
la existencia,
fue elegida como
Madre del Hijo de Dios,
o sea, el Salvador del mundo.

Por eso no le atribuyas
otros hijos con San José.
Jesús es el unigénito de María,
concebido por medio del Espíritu Santo.

Si cualquier persona,
como tú y yo,
puede interceder y rogar
por un prójimo,
con más razón,

María, la madre Dios,
a quien Ama Jesús
con todo su corazón.

La Ama tanto que
la tomó como su Madre
y la hizo Madre de nosotros.
Preséntele a SVM
tus dolores y penas.
No tengas temor
rezar el Rosario.
Son Rosas para la Geribá,
que agradan al Rey.

Más que silogismo cristiano
es la verdad que profesamos.
Cada vez que
alabamos a la SVM,
sobre alabamos a Jesús.

† ENSEÑANZA DE CRISTO

Cuando sumergimos nuestra vida en Dios a veces no nos damos cuenta de que su Espíritu habla por nosotros (Mt 10, 20). Esto lo comprobé un día cuando una recién casada estaba teniendo muchos problemas con su suegra y vino a darme las gracias por mis homilías: "¡Muchas gracias, Padre Toribio, por los consejos que nos da! Han cambiado mi relación con mi suegra." Dada su situación, inmediatamente dije lo siguiente: "Amar a Cristo no es difícil. Amarlo en las personas, especialmente en las que te han hecho un mal, eso es lo difícil". Ella me contestó: "También me han ayudado, pero no me refiero a esas palabras. Tenía miedo de olvidarlas y las apunte. Aquí tiene una copia para usted."

¿Qué nos enseña Cristo?

¡Siempre ama! ¡Ama siempre!

Ama a Dios sobre todas las cosas.

Ama a tus padres.

Ama a tus prójimos.

Ama, hasta tus enemigos.

Y cuando la vida te trate mal,

Y sientas que no puedes más,

Ámate a ti mismo.

† A DIOS LE GUSTA MI ALMA

Por un tiempo, una mujer venía a confesarse conmigo todos los jueves. El pueblo no dudaba de mí, pero algunos santurrones cuestionaban las intenciones de ella. Era indudablemente bella. Su peinado, maquillaje y ropa delataban cuál era su profesión. Siempre confesaba los mismos pecados, y yo le daba la absolución, pero me sentía mal porque no sabía cómo ayudarla a salir de esa vida. Más por desesperación que iluminación, le regalé unas oraciones de Santa Teresa del Niño Jesús (1873-1897). La mujer dejó de confesarse por un tiempo, y cuando regresó no podía hablar de la emoción y a manera de confesión me dio los siguientes renglones:

A Dios le gusta mi alma.

No comprendo por qué,
pues soy una mera basura,
una vil porquería.

Mi espíritu era como
la letrina de un burdel
que estaba embarrado
de mierda y vómito
por doquier.

Pero a Dios le importa mi alma.

Yo le decía: "¡Mi Señor!
¡Por favor no entres!
Mira que te vas a ensuciar."
Pero no pude resistir
su seducción divina
y le abrí las puertas.

Con su bendito amor,
Jesús destruyó mis tinieblas
y transformó mi abatida alma
en un jardín de luz.

Machacó mis pecados
y los mezcló con su sangre y misericordia.

Con este bálsamo lazarino,
abonó la tierra estéril
de mi ser.

Con su dedo pulgar hizo los surcos
y con su palabra brotaron las plantas.
Las regaba con el vaho de su Espíritu,
que dio vida a un mar de flores
con la dulce fragancia de la paz.

Cuando pensaba que
había germinado toda
la flora en mi oasis,
Jesús sacó de su corazón
una semilla de amor.

La plantó en el centro de mi edén,
después sopló sobre ella
y nació la flor más hermosa
que mis ojos jamás han visto.

Cuando la cortó,
estaba a punto de gritarle:
"¡Rabbuni! ¿Qué haces?",
extendió su mano
y me la obsequió diciendo:
"Una flor para una flor."

Dios ama mi alma.

† SEÑOR, ACABA CONMIGO

Por las confesiones de su madre me enteré de la vida de un mujeriego empedernido. Como muchos hombres casados que eran infieles, se justificaba con este estúpido dicho: "Tengo mi catedral. Las demás son capillas". Una de las víctimas de sus engaños quedó embarazada, y para evitar la vergüenza familiar y crítica social, se suicidó, muriendo el bebé que estaba esperando. Para evitar sus remordimientos y mitigar su culpabilidad, el irresponsable se embriagaba y era negligente con su esposa e hijos. No sabía cómo ayudarlo. Nunca venía a misa, mucho menos se confesaba. En una de las quermeses del pueblo, recité este poema pensando en él:

Reté a Dios
Y le dije:

"Si tú
quieres
que
Yo te acepte,
tú acéptame
como
Yo Soy."

Su providencia desmenuzó mis entrañas
Y me reveló lo oscuro de mi alma.

¡Dios mío, acaba conmigo!

Apaga mi mente
Ya no quiero pensar...

Cierra mi corazón
Ya no quiero sentir...

Quítame la vida
Ya no quiero hacer el mal...

Como no has cumplido mis egoístas peticiones
Dame tu gracia y valentía para cambiar.

† EL NIÑO QUE
SOÑABA CON SER DIOS

Mantuve la tradición de los sacerdotes que me antecedieron. Para el Día de las Madres iniciamos un concurso de poesía infantil en la iglesia. Desafortunadamente, no podía premiar, mucho menos dar a conocer, al mejor poema del certamen. Eran los versos de un niño que había perdido a su madre. Al poco tiempo, su padre se volvió a casar, pero el pequeño rechazaba rotundamente a la nueva esposa. Para evitar los constantes conflictos en su casa, el padre decidió enviar a su hijo a un internado en Guadalajara, Jalisco. No tenía otra alternativa que darle a la madrastra el poema que el niño había escrito y desde ese día se convirtió en su ángel guardián. Aquí adjunto el poema:

Si yo tuviera
el poder
haría mejor
las cosas que Dios.

Si yo fuera él
No dejaría que
nada malo

sucediera
en este mundo.

A veces pienso que
Dios es malo
porque me quitó
a mi Mamita.

Por eso sueño con ser Dios
para acabar con todo el sufrimiento
de este mundo

Pero sé
por qué se
la llevó.
Mi papá hacía
sufrir mucho
a mi Mamita.

Ahora llora por ella.
¿Por qué en vida
no la trataba bien?
Mejor se hubiera
muerto él.

Yo necesito
a mi Mamita.

† EL DIABLO ODIA LA CRUZ

El diablo odia la Cruz porque en ella el Hijo glorifica al Padre, es el testimonio de amor del Padre por la humanidad y es el signo más precioso del amor humano por Dios. El ángel caído tergiversa e intenta desvirtuar el sentido y significado de la Cruz. Por eso Satanás hace todo lo posible para que se niegue la existencia de la Cruz. Argumenta que nunca hubo Cruz, sino un madero. Cuando la verdad desmorona esta falacia, cambia de retórica y estrategia, se atreve a afirmar que la Cruz es un símbolo maldito y de locura, pues representa a un Cristo impotente y como tal es un signo de humillación, derrota y muerte. Sin embargo, nada podría estar más lejos de la verdad. Jesucristo cambia la humillación en exaltación, la derrota en victoria y la muerte en vida. Para los cristianos es el camino hacia la salvación, pues el mismo Jesús nos dice: "Si alguno quiere venir detrás de mí, niéguese a sí mismo, tome su cruz y sígame. Porque quien quiera salvar su vida, la perderá, pero quien pierda su vida por mí, la encontrará" (Mt 16, 24-25).

El diablo odia la Cruz,
pero no cualquier cruz,
sino la de Cristo
en la que murió Jesús.

Glorificación:
el demonio
no es capaz
de amar y glorificar.
es un monstruo
que se nutre
de egoísmo y odio
que solamente puede blasfemar.

En cambio, Cristo, mediante
El Sacrificio de la Cruz
Glorifica al Padre
Entregando su Vida.

En este instrumento de tortura
Le muestra al Padre
Absoluta
Confianza
Obediencia.
¿Locura?
Sí, ¡Locura!,
pero de Amor.

Le dice al Padre:
Te Amo Tanto
que te obedezco
aunque Sufra
y me cueste
la Vida.

Te valoro
por encima
de mí mismo.
Te Glorifico
Con mi Vida
Te Glorifico
Con mi Sangre.
Te Glorifico
Con la Cruz.

El diablo odia la Cruz,
pero
Cristo
Ama al Padre
En la Cruz.

Testimonio:
La Cruz es
Testimonio
de Amor de
Dios por la humanidad.

Como dice
el discípulo amado:
Dios amó
Tanto al mundo
que entregó
a su único Hijo
para salvarlo.

Abolió por siempre
el sacrificio humano
como culto.
No dejó que
Abraham
inmolara
a su hijo
Isaac
en su
Nombre.

Con esto
Nos dice Dios:
No quiero
sacrificios
sino misericordia.

Mis seguidores
deben
Amarse

los unos
a los otros
como
Yo los Amo.

No obstante
Él hace
El Sacrificio
De Sacrificios
Su Hijo en la Cruz
por amor
a nosotros.

Dios Padre
nos reconcilia
Consigo Mismo
y hace de
La Cruz de Cristo
Testimonio
de su amor
por la humanidad.

Este Amor
Divino
Precioso
Misericordioso
Le repatea
Al demonio.

El ángel caído
No puede
Entender
Comprender
Soportar
Tanto
Amor de
Dios
por nosotros.

Por eso
Quiere que
Ignoremos
Reneguemos
Rechacemos
el Amor
del Padre
en la Cruz
para
Confundirnos
Perdernos
Destruirnos.

El diablo odia la Cruz,
pero
El Padre
Nos Ama
En la Cruz.

Signo:
La Cruz
es el signo
Más precioso
de tu amor por
Dios.

Cuando
aceptas y cargas
tu cruz
reconoces
la Pasión y el Sacrificio
de
Cristo.

Descubres
que
Murió de Amor
por ti.

Y sabes
que no es un
Cristo
torturado y derrotado
Es un Mesías
Glorificado

Campeón de campeones
que vence a
los enemigos del alma
carne
mundo
demonio
muerte.

En la Cruz
Cristo
afirma
que
Dios
es un
Dios
de Amor.
Muere por sus amigos: nosotros.

Sin embargo,
tu cruz
No te exenta
del sufrimiento,
pero en ella
tus
enfermedades
desilusiones

penas
tienen
propósito y sentido,
cuando se las ofreces a
Dios Padre
con, por y para
Cristo.

Le estás
diciendo al
Señor:
Te amo
aunque
no comprenda
lo que me
está pasado.
Te amo
a pesar
del sufrimiento.
Me amas
con tu
Amor Perfecto.
Te amo
con mi
amor imperfecto.
Creo en Ti
Más que en mí.

Te entregas
Te rindes
Te unes
A Cristo en la Cruz.
Ya no vives tú
sino es Cristo
quien vive en ti.

Entonces
Glorificas a
Dios
y la Cruz de Cristo
se convierte
en tu fuerza
Indestructible
Inmutable
Invencible

Es tu humilde
sabiduría
poder
amor
que das
a los demás.

Amas a Dios
sobre todas

las cosas
y a tu prójimo
como a ti mismo.

El diablo odia la Cruz,
pero
nosotros
A Dios Amamos
en la Cruz.

† ERES UN POEMA DE DIOS

Muchos leen el libro del Génesis literalmente. Creen que Dios creó al mundo en siete días. Para mí esta revelación no es una verdad empírica, sino teológica que refleja su magnificencia y poder creador de una manera poética. En este caso, Dios es un poeta y nosotros sus poemas terrenales.

Eres inspiración divina de Dios.
Aliento bendito que sale de su boca.
Su poema ambulante en la tierra.

No busques la aprobación
de nadie pues
El Rey del universo
te acepta tal y como eres.

No tienes que intentar ser...
porque ya eres
su hermosa creación
de amor.

No dejes que
el miedo te encadene.

Baja los muros
de tu orgullo.
Vístete con la toga
de la humildad.

Deja que Jesús
te lave los pies
y se deleite en ti.

Así podrás decir:
Yo, creación
Adoro a mi Creador
nada o nadie
(ni yo mismo)
puede separarme de Él.

Que mis versos
resplandezcan
la vida a los demás.

Mi rima armonice su
cuerpo, mente y alma.

Y mis metáforas
revelen la cara
de Jesucristo.

Atrévete
A decirle
A Dios Padre:
"Con tu Arte
Me ensenaste
A Amarte".

Soy un poema de Dios.

† VIVA CRISTO REY

La Guerra Cristera es la lucha de los católicos por defender su fe. Tristemente, el gobierno mexicano nos prohibió celebrar la Eucaristía, cuyo castigo al incumplimiento de su ley es la pena de muerte. Es decir, anochecimos cristianos y amanecimos cristeros. Aunque sabemos que estamos arriesgando la vida, no dejamos de darle culto a Dios. Como grito de guerra decimos las siguientes palabras al finalizar la misa:

Padre Toribio: Con Cristo, ¡todo!
Los feligreses: Sin ÉL, ¡nada!
Todos: ¡Viva Cristo Rey!
(Se repite tres veces.)

† DIOS ESPÍRITU SANTO

Dios Padre envía a Dios Hijo al mundo y el amor de ambos nos dan al Dios Espíritu Santo para enfrentar los retos de la vida. El Padre es el Creador de todo el universo, el Hijo su salvador y el Espíritu Santo es el Asesor y Consolador en nuestras tribulaciones. Cada vez que lo reflexiono no deja de sorprenderme la belleza de esta verdad. No es Dios en el cielo, la iglesia o cualquier espacio de la tierra, sino en lo más íntimo y recóndito de nuestro ser: el corazón, o sea, es Dios dentro de mí. Él quiere ser parte de ti y que tú seas parte de Él. Sin embargo, como dice San Agustín: "Dios, que te creó sin ti, no te puede salvar sin ti"[4]. Por lo tanto, si se lo permitimos, puede morar y reinar dentro de nosotros. Confieso que en los momentos más oscuros de mi vida suplico su auxilio. Aquí comparto mi clamor a Dios Espíritu Santo:

Invoco al Espíritu Santo
Señor y Dador de Vida.

---

4) San Agustín reconoce que el límite de la misericordia de Dios es nuestra voluntad. Dios te dio la vida sin tomar en cuenta tu consentimiento; sin embargo, no te salvará a ti si tú no lo quieres. *Sermo ad Populum 169*, 11: PL 38, 923 (III, 84, 5; cf. 84, 7 ad 2m).

Paráclito
Misterioso
Divino
Piadoso.

Eres como
el viento
no te veo
pero te siento.

Invoco al Espíritu Santo
Señor y Dador de Vida.

Yo no tengo
voluntad
fuerza
para cambiar.

Dame tu Gracia
para vencerme
a mí mismo.

Invoco al Espíritu Santo
Señor y Dador de Vida.

No dejes que
me aparte de Ti
y me destruya el pecado.

Antes bien
Ilumíname y Consuélame
en los momentos
difíciles de mi vida.

Invoco al Espíritu Santo
Señor y Dador de Vida.

No necesitas
de mi permiso
para ser el
Rey de mi corazón
pero si lo requieres
lo tienes absolutamente
y sin reservas.

Te abro las puertas
De mi ser
Entronízate en
mi espíritu
y desde ahí
cuídame
rígeme
gobiérname
purifícame.

Invoco al Espíritu Santo
Señor y Dador de Vida.

Que el fuego eterno
de tu amor
encienda mi alma con
Tu
Humildad
Entendimiento
Fortaleza
para hacerme
un instrumento de
Tu Amor y Paz.

Maestro
dulce y tierno
conviértete en
Alma
de mi alma.

Invoco al Espíritu Santo
Señor y Dador de mi vida.

† QUICA

Confieso que tengo la fortuna de tener tres madres. La Madre de Dios, la Santísima Virgen María de Guadalupe, quien es mi madre celestial. Mi madre, doña Juana González Romo, la mujer que me trajo a este mundo. Y mi hermana María Marco de Asunción Romo González, a quien le decimos de cariño: "Quica". Dios me la dio como madre espiritual; siempre se preocupó por mi educación, en particular se esmeraba para que tuviera la mejor formación religiosa. A mis dos primeras madres ya les he redactado versos. Estos son para Quica:

Más que
Mi hermana
De Sangre
Eres mi
Madre del Alma.

Tu nombre
Lo dice todo:
¡María!
Luz/Estrella
Del Mar.

Alumbraste mis
senderos oscuros
con tu amor/cariño.
Desde niño
te preocupaste
por alimentar
mi cuerpo/espíritu.
Rezabas por mí
y me enseñabas
a rezar a mí.

Fuiste la primera
en reconocer
mi vocación
sacerdotal
la cual
Resguardaste
Protegiste
Defendiste
ante todo mal.

Quica
Eres más que
Música
Celestial.
Con tus
Benditas manos
Me diste de comer
Con tu

Hermosa alma
Me enseñaste
A creer
En tu
Cristo Amado
que después
se convirtió
para siempre en
Mi Amado.

Aún en la
Guerra Cristera
en peligro
de muerte
No te apartaste
de mí
conmigo siempre
celebraste
La Eucaristía.
Eres
Mi alma solidaria
Mi sombra bendita
Mi Ángel de la Guardia.

Dios te bendiga
por todo lo que
haces por el
Evangelio
y por mí.

Eres una
verdadera
Madre/Guerrera
Espiritual.

† LAS TRES
OBLIGACIONES EN LA VIDA

Mi papá creía firmemente que los niños debían tener disciplina para que desempeñaran sus obligaciones debidamente cuando fueran adultos. Desde muy pequeños, mis hermanos y yo teníamos quehaceres en nuestro hogar. Sin embargo, él pensaba que la primera comunión era un parteaguas en la vida de sus hijos. Días antes de recibir a Jesucristo por primera vez, como a la edad de seis años, nos apartaba para decirnos cuáles eran las "tres obligaciones en la vida de los hijos":

1. *Creer y seguir a Jesucristo*
2. *Buscar la felicidad*
3. *Enterrar a sus padres*

Debido a la Guerra Cristera, presiento que no voy a poder cumplir con la última obligación.

† COMPLETO

Confieso que por mucho tiempo envidiaba a los poetas místicos: Santa Teresa de Jesús y San Juan de la Cruz. Yo también quería experimentar las arrolladoras ansias de unirme con Dios a tal grado de sentir que la vida misma me estorbaba. La Guerra Cristera me llenó de angustia y pesadumbre y le imploré a Dios: "¡Déjame vivir en tu amor!" No me respondió con palabras, sino se entronizó en mi corazón y comprendí que no necesitaba morir para unirme a Dios. Vivía dentro de mí y nada ni nadie podía separar de ÉL.

Hoy
No me falta nada,
Pues te tengo a Ti.
Estoy completo.

Es cierto que
Mi cuerpo
Necesita
Descanso
Y alimento.

En el fondo.
En mi alma.
No necesito
Nada.

Tú eres:
Una pizca de sal
en un manjar.
El tequila
en un brindis nupcial.
La última pieza
de mi rompecabezas.

Vives en mi alma.
Tú me llenas.

Si lo perdiera todo.
Aún estaría completo.
Porque Tú
eres mi todo.

† REUNIÓN

La violencia de la Guerra Cristera acecha a los católicos por doquier. Sé que por Cristo voy a morir. Las casualidades no existen para los cristianos. Todo tiene su razón. No es una coincidencia que me llame Toribio, o sea toro. Al igual que en el Antiguo Testamento, voy a ser inmolado por y para Dios como un toro. Algunos lo considerarían una tragedia griega, pero para mí es un honor y privilegio dar la vida por la causa de Jesucristo.

La brújula de mi vida
no es mi mente.

Mi astrolabio es mi alma.
Sabe dónde está su hogar.

Como la semilla
que sueña con ser árbol,
mi espíritu añora
a su origen regresar.

Me sentiré completo,
solamente cuando me arropes
con tus divinos brazos.

Mientras me encarcelan
los muros de mi cuerpo,
me vestiré con la paciencia
de los santos.

Me consolaré
pensando que
en la oración se unen
nuestros corazones.

Y el fuego de tu amor
me dará fuerzas para esperar
nuestra reunión.

† DIOS TIENE LA ÚLTIMA PALABRA

Este mundo nos hace pensar que la guerra entre el bien y mal está equilibrada, que las fuerzas malignas son tan poderosas como las divinas. Sin negar el poder y la influencia de Satanás, es un gran error y engaño pensar que el ángel caído es tan poderoso como Jesucristo. Nadie es más poderoso que Dios y su Palabra es eterna. Él mismo nos dice: "El cielo y la tierra pasarán, pero mis palabras no pasarán" (Mt 24, 35).

La última
Palabra
La tiene
:Dios:
Tiene
La última
Palabra.

En su arrogancia
el maligno y sus seguidores
rechazan la majestad de Dios

Crean una polifonía
de voces
para confundir, dividir y matar

En la Guerra Cristera
pareciera que
el gobierno de Calles
ganará la lucha
entre el bien y el mal

La última
Palabra
La tiene
:Dios:
Tiene
La última
Palabra.

Jesús
Alfa y Omega
Verbo Divino
dotado del
Espíritu Santo
se dominó
a sí mismo
con/por Amor
para obedecer al
Padre.

En la Cruz
Venció al
pecado
satanás
muerte.

Nadie se iguala a Jesucristo
Campeón de campeones
Rey de reyes
Salvador del mundo.

La última
Palabra
La tiene
:Dios:
Tiene
La última
Palabra.

† "SANTO COYOTE"

Por las investigaciones que hice, sabía que Toribio Romo era santo y mártir debido a su participación en la Guerra Cristera. Sin embargo, en los últimos años lo habían convertido en un santo transnacional que ayudaba a inmigrantes a cruzar la frontera de México con rumbo a los Estado Unidos. Yo me mostraba escéptico del nuevo rol que le habían atribuido. Y hasta llegué a pensar que me estaba hostigando, pues me topaba con él dónde menos me lo esperaba. Me lo encontré en el jardín de mi abuelita Pachita, había una foto de él, junto al altar de la Virgen de Guadalupe, también en el dormitorio de una amiga con derechos (el santito me arruinó esa noche, pues mi amiga no podía hacer nada, porque sentía que los ojos azules de Santo Toribio la estaban mirando) y hasta en mi propio dormitorio universitario tenía que aguantar su presencia. Mi compañero de cuarto, otro dreamers como yo, que no era ni mexicano, sino salvadoreño, tenía una foto del afamado pollero. Le pregunté: "Siendo universitario, ¿cómo es posible que te dejes embaucar con esos cuentos?" Pedro me contestó: "Te aseguro que no son cuentos. Santo Toribio nos ayudó a mi familia y a mí a cruzar el desierto". Lo volví a interrogar: "¿Tú lo viste con tus ojos?" Me respondió: "No, yo estaba en el vientre de mi madre cuando esto sucedió. Mis padres no mienten y yo les creo". Pensé que Pedro era mejor hijo que yo, pues yo no les creía todo a mis padres.

De hecho no podía creer que me estaban invitando a la tierra del santito. Después de la pandemia del COVID, mi tía María y mis primos organizaron una misa para mi abuelita Asunción en Santa Ana de Guadalupe, Jalisco. Al principio, me negué rotundamente, pero a medida que se aproximaba la fecha, empecé a titubear. Finalmente, me dije a mí mismo: "Voy a ir por mi abuelita, no por el santo pollero".

Después de misa, hicimos un recorrido por todas las instalaciones. En la capilla de Santa Ana de Guadalupe, me encontré con esta oración conmovedora que formaba parte de los retablos de los fieles, en la cual una mujer agradecía y pedía la intercesión del "Santo Coyote":

En el nombre del Padre, del Hijo y del Espíritu Santo. Encomiendo esta oración al Coyote más santo que ha existido: Santo Toribio.

Como muchas mujeres
Por mi familia crucé la frontera
Por el infernal desierto de Sonora
Arriesgando la vida.

Me golpeaba el sol.

Me abatía el cansancio.

Temía que la sed me mataría.

Con miedo de que me atrapara

La migra o los narcos.

Pues unos me encarcelarían

Y los otros como trata humana me venderían.

Pero tú, Santo Coyote de los ojos azules

Me protegiste de estos peligros.

Me rescataste del desierto.

Me diste de beber y de comer.

Santo Coyote, tú que sacrificaste tu vida a Dios por

la Eucaristía.

De seguro te hará caso a ti.

Te pido con todo mi corazón

Que vuelvas a interceder por mí.

Mi hija, la más pequeña

Sufre de anorexia.

Por favor haz el milagro de que se cure.

Crúzala por la frontera de la enfermedad a la sanidad.

Santo Coyote te ruego que ruegues por mi niña

A Dios Padre, Hijo y Espíritu Santo.

La Santísima Trinidad a ti sí te hará caso.

Amén.

ÍNDICE